REVENDICATION

DES

‑DROITS DE Mme MICHELET

POUR SA

COLLABORATION

AUX

OUVRAGES DE M. J. MICHELET

L'Oiseau, L'Insecte, La Mer, La Montagne.

PARIS

TYPOGRAPHIE GEORGES CHAMEROT

RUE DES SAINTS-PÈRES, 19.

1876

MME MICHELET

—

MA COLLABORATION

A

L'OISEAU, L'INSECTE, LA MER, LA MONTAGNE

—

MES DROITS A LA MOITIÉ DE LEUR PRODUIT.

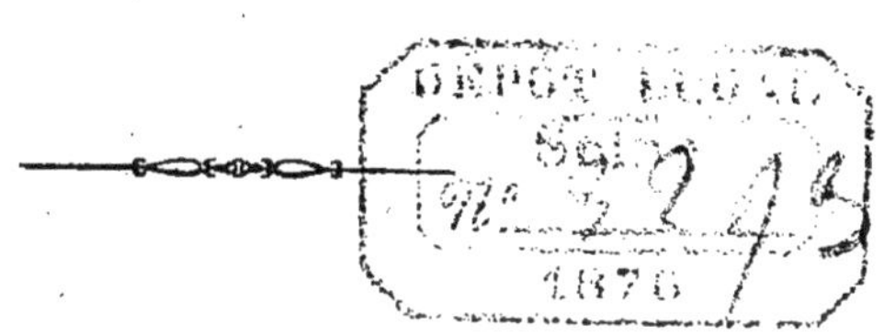

PARIS

TYPOGRAPHIE GEORGES CHAMEROT

RUE DES SAINTS-PÈRES, 19.

—

1876

MA PART

DANS

LA COLLABORATION

I

Les héritiers Poullain-Dumesnil, mal conseillés, ont attaqué le testament de leur aïeul sur toutes les questions d'intérêt moral.

Leurs prétentions étaient injustes, le tribunal les a toujours déboutés.

Le 12 janvier 1875, reconnaissant que j'avais été collaboratrice de M. Michelet pendant vingt-cinq ans, que j'étais « la moitié de lui-même » et la gardienne naturelle de sa pensée, le tribunal civil, première chambre, me donnait la surveillance de ses écrits.

Les héritiers après s'être conformés à ce jugement méconnaissent aujourd'hui. Ils allèguent :

« Qu'il n'a jamais été publié d'ouvrages en collaboration avec M. Michelet ;

« Ils contestent la collaboration de Mme Michelet ;

« Par suite, ils n'admettent pas le prélèvement au profit de ladite dame pour sa part dans le cinquième, lot de la propriété littéraire. »

Avant de réfuter ces allégations par la vérité des faits, je dois dire ce qui m'a décidée à écrire cette note.

Certainement je ne l'aurais pas faite si je n'avais eu à défendre que mes intérêts matériels. — Depuis la mort de mon mari, je les ai constamment oubliés pour consacrer aux siens, uniquement, mon temps et ma vie.

C'est un souci plus grave que celui de ma fortune, pourtant si réduite, qui me fait donner, ici, les preuves de ma collaboration et l'emploi de ce qu'elle a produit.

Je n'ai que cette manière de répondre dignement aux accusations publiques que le père des héritiers a portées et fait porter contre moi, tantôt par lettres ouvertes, tantôt par assignation d'huissier. (Voir le mémoire de la *Tombe,* pages 54-55 et 99.)

Les magistrats, après avoir lu ce mémoire, apprécieront s'il est vrai que « j'ai dépouillé la famille ». Manque-t-il des valeurs à la succession?

Les héritiers disent donc que je n'ai jamais collaboré avec M. Michelet.

Voici pourtant ce qu'il écrivait dans son testament en 1865 :

« Pendant seize années, ma femme m'a aidé efficacement et de trois manières :

« En revoyant mes épreuves, et me tenant lieu de secrétaire que j'aurais payé ;

« En préparant les livres d'histoire naturelle, en faisant les lectures, extraits, etc., et même en écrivant beaucoup de choses qui y restent textuellement ; — sans elle, je ne les aurais pas faits certainement...

« S'il n'y a pas eu communauté par notre contrat de mariage, il y a eu collaboration telle que j'aurais pu l'avoir avec un associé qui eût été pour moitié dans le travail et le profit.

« D'après cette considération, je crois devoir, en conscience, non pas lui constituer, mais plutôt lui restituer, lui assurer ce qui est vraiment à elle, la moitié de ce qu'auront rapporté jusqu'à ma mort ces livres d'histoire naturelle.

« Cette moitié lui appartient en toute propriété comme bien personnel de famille ; si elle meurt avant moi, cette moitié passera à ma mort à ses frères et à son neveu. »

Les registres de MM. Hachette et Raçon permettront d'apprécier légalement cette moitié.

Dans le second testament écrit en 1872, à sept ans de distance, M. Michelet s'exprime ainsi :

« Toute notre fortune a été acquise pendant la durée de mon second mariage, ma femme y contribua non-seulement par sa vie économique, mais très-activement par une *collaboration* continuelle. Elle revoyait mes épreuves et préparait mes livres d'histoire naturelle (*Oiseau, Insecte, Mer, Montagne*), par des lectures, extraits, etc. Et même elle a écrit des parties considérables de ces livres. Il est donc juste que ma femme conserve sur tous mes ouvrages, outre les droits personnels que lui attribue la loi (le quart), tous ceux qu'elle peut tenir de ma volonté. Je lui donne donc, sur mes propriétés littéraires, les droits les plus étendus en sa qualité de légataire universelle. Mes petits-enfants, plus que tout autres, devront respecter cette volonté.»

Qu'entendait mon mari en disant qu'il me donnait les droits les plus étendus? Était-ce de porter préjudice aux siens? Non, certainement. Il espérait seulement réparer, en partie, celui que me causait notre contrat de mariage, très-rare en son genre. Aucun notaire ne se souvient d'en avoir rédigé un pareil.

Ce contrat établit l'*exclusion* de la communauté, et par une rédaction habile qui devait tromper l'inexpérience, en affaires de M. Michelet, il ménage tout au profit des héritiers. C'est un acte d'injustice légale.

Je fus avertie que ce contrat m'était hostile, qu'il pouvait me créer dans l'avenir de graves embarras. Je ne le signai pas moins et n'en dis mot à M. Michelet, voulant lui épargner toute discussion pénible avec les siens. — Je tenais aussi à lui prouver, si jamais il était éclairé, que je l'avais épousé pour lui-même. C'est M. Dumesnil qui s'est chargé de l'avertir en 1864, par ses sollicitations indiscrètes. (Voir le mémoire de la *Tombe*, p. 31 à 39.)

Je reviens aux preuves de la collaboration.

En 1866, lorsque la maison Hachette publia l'*Oiseau illustré*, mon mari écrivit en tête de la première page :

« Je te dédie ce qui est tien : trois livres du foyer de nos doux entretiens du soir :

« *L'Oiseau. — L'Insecte. — La Mer.* — (1).

« Toi seule les inspiras. Sans toi, j'aurais suivi, toujours sur mon sillon, la rude voie de l'histoire humaine.

« Toi seule les préparas. Je reçus de ta main la riche moisson de la nature.

« Et tu les couronnas y mettant sur le faîte la fleur sacrée qui les bénit. »

En 1873, presque à la veille de sa mort, dans une nouvelle préface qu'il préparait pour l'ensemble de nos quatre ouvrages d'histoire naturelle, voici ce que je trouve :

« Ce fut la voie du cœur, — mon second mariage, —
« qui décidément me conduisit aux sciences de la
« nature. Ma jeune épouse m'apporta ce trésor, et
« me doua à la fois par trois choses : — Sa faible
« santé, qui alarmait, me donna d'abord pour ses
« études le terrible aiguillon de la crainte. Élevée
« à la campagne, elle tenait de son père un in-

(1) *La Montagne* en 1866 n'avait pas encore paru.

« croyable amour de la vie animée. Enfin, peu à
« peu raffermie, elle étudia, porta sur la nature un
« chaleureux regard. Elle dictait. Puis elle écrivit
« elle-même. Transformation rapide qui fut un
« enchantement. »

C'est à partir de 1854 que je devins vraiment
la collaboratrice de mon mari. — Jusque-là notre
grande gêne m'avait plutôt vouée aux soins du
ménage.

En 1854, je commençai à l'aider dans ses travaux
historiques; je corrigeais ses épreuves, je faisais
pour lui des extraits, et je tenais aussi, en grande
partie, sa correspondance.

Mais le goût de l'histoire naturelle que j'avais
puisé à la campagne, pendant mon enfance, était
resté si vif, que tout en lui servant de secrétaire,
je trouvais encore du temps pour ces études favo-
rites.

J'avais en projet d'écrire une série de petits livres
pour les enfants: je commençai par l'*Oiseau*.

Un matin mon mari parcourant mon premier essai
fut séduit, me dit : « Faisons cela à deux. » Et cela
s'est fait ainsi. « De ce jour, c'est lui qui l'a dit, nous
pûmes mettre en commun notre vie. »

Voici quelle a été ma part de collaboration. Je
faisais les premières lectures, j'allais aux bibliothè-
ques, surtout à celle du Muséum, extraire des livres
ou brochures rares qu'on ne pouvait emporter, les
passages qui nous étaient nécessaires. En même
temps, j'étudiais les collections, je passais des heu-

res avec les animaux vivants, qui même dans leur captivité nous ont été de précieux auxiliaires.

En rentrant, je mettais en ordre mes notes, mes observations, et peu à peu le livre se faisait.

L'*Oiseau*, notre premier-né, nous coûta peu. Il naquit d'un élan du cœur, d'une heure de ravissement.

Mais pour l'*Insecte*, mais pour la *Mer*, ce fut plus difficile, il me fallut beaucoup travailler.

« Je recevais, dit M. Michelet (introduction de
« l'*Insecte*), les éléments divers de cette grande
« étude par l'intermédiaire d'une âme éminemment
« tendre aux choses de la nature et généreusement
« portée à l'amour des petits. Cet amour patient et
« fidèle ramassait si je puis dire, par un procédé
« de fourmi, comme autant de grains de sable, les
« matériaux qui se trouvent bien moins dans les
« grands ouvrages que dans une infinité de mé-
« moires, de dissertations dispersées. »

Nous voyagions beaucoup dans l'intérêt de nos études. — Chaque année, nous passions nos mois d'été à la lisière des bois ou sur le bord de la mer, variant les sites et les rivages selon le livre que nous écrivions.

Tandis que mon mari travaillait à un volume de son *Histoire de France* je lui préparais celui d'*Histoire naturelle*. J'allais à la chasse des insectes, ou je faisais draguer le fond de la mer. Ma chambre devenait bientôt un champ d'observations.

Munie d'un bon microscope dont le professeur

Robin m'avait appris à me servir, j'entrai dans un monde de découvertes.

Les études anatomiques me regardaient. « Elles veulent, dit encore M. Michelet, des qualités féminines, de la dextérité, une adresse patiente, et surtout du temps, beaucoup de temps. » Et lui n'en avait guère.

Après l'*Insecte,* après la *Mer,* quand vint le tour de la *Montagne,* nous quittâmes l'Océan pour les Pyrénées et les Alpes. Un seul chapitre nous fit souvent entreprendre de longs voyages. Pour mieux connaître, par exemple, un pin, l'Arole, qui a cette singularité de ne vouloir vivre que dans les glaces, nous bravions courageusement l'hiver de sa patrie, la froide Engadine.

Sous la rafale et sous la neige, guidée par un vieux chasseur de chamois, je montais à 10,000 pieds dans les solitudes reculées où se plaît à vivre cet athlète.

Là aussi, sous l'âpre frisson des glaciers naissent et s'épanouissent des fleurs admirables, uniques en espèces.

Quelle joie pour moi de rapporter à mon mari ces trésors! Dans quelle émotion j'essayais de lui peindre l'image fantastique, la grandeur religieuse de ces hauts déserts!... (Voir la *Montagne,* chap. *Neiges et Fleurs.*)

Tel est, en peu de mots, l'historique de ma collaboration.

On pourra juger combien mes investigations

étaient complètes, mes rédactions arrêtées par cette simple ligne du journal de mon mari : « Écrit la *Mer* en trois mois. » J'avais mis trois ans à lui en préparer les matériaux.

Est-ce tout comme témoignage de ma collaboration?

M. Dumesnil, qui me conteste si tardivement mes droits, nous en donnera à son tour des preuves irrécusables.

Après la mort de M. Michelet, il a exigé que tous ses cartons fussent fouillés, afin d'être bien sûr que le testament ne le trompait pas, qu'il n'y avait aucun manuscrit inédit.

Que trouve-t-on dans le procès-verbal des trois experts nommés d'office par M. le président du tribunal civil de la Seine?

Que les cartons correspondant à nos livres d'histoire naturelle sont pleins de mon écriture (1).

On voit aussi dans les divers actes de la liquidation et même dans le cahier des charges, que mon adversaire accepte ma collaboration pour moitié dans l'*Oiseau*, l'*Insecte*, la *Mer* et la *Montagne*.

----

(1) Le classement est fait par numéros d'ordre. On lit au n° 13 : « matériaux, extraits et fragments en partie de la main de Mme Michelet, pour la composition de l'*Oiseau*, l'*Insecte*, la *Mer*. »

N° 74, « Liasse composée de notes, pour la plus grande partie de la main de Mme Michelet. »

Et à la lettre K. « Notes et fragments d'histoire naturelle de la main de Mme Michelet. » (C'est la *Montagne*.)

Enfin voici ce qu'il écrivait lui-même à mon mari en 1857, au moment où nous venions de publier l'*Insecte*.

« Cher Monsieur,

« Ce n'est que miracles de grâce et de bon cœur,
« jaillissement d'une âme qui voit tout, qui com-
« prend tout, qui sait dire tout. Que la part de
« Madame Michelet y est sensible surtout pour moi !
« Personne ne l'en remerciera du fond du cœur avec
« plus de reconnaissance. Que j'ai bien saisi dans
« ce livre tout ce que Madame me disait un jour
« dans la forêt de Fontainebleau de votre travail
« commun. Une collaboration si heureuse ouvre
« une ère nouvelle aux travaux de l'esprit. Quand
« nous nous verrons, je lui en parlerai sans pouvoir
« finir. »

II

Maintenant que ma collaboration est prouvée par les testaments de mon mari, par l'inventaire de ses papiers et par les témoignages mêmes de M. Dumesnil, j'ai aussi le devoir d'éclairer la justice sur l'emploi de notre fortune.

M. Michelet, dans ses testaments successifs, dit invariablement : « Je n'avais amassé en 1849, date de mon second mariage, que soixante mille francs.

« La famille, ajoute-t-il, avait tout absorbé. »

Je devins la femme de M. Michelet dans des circonstances utiles à rapporter : la veille du coup d'État, la veille de sa ruine, lorsque ses places allaient lui être enlevées ainsi que la vente de ses livres d'enseignement. En 1851, ils furent rayés du programme universitaire.

Pour ajouter à nos difficultés, j'avais trouvé, en entrant en ménage, un passif de *douze mille* francs.

M. Michelet eut-il au moins dans sa ruine quelque appui de ses enfants ? — Il me suffira de dire qu'il dut continuer à leur servir des pensions tout comme à ses vieux parents. Il prêta même à son gendre, déjà son débiteur pour plus de treize mille francs (1), « diverses sommes qu'il ne pouvait lui rendre ».

Sa fille, Mme Dumesnil, avait la rente de son capital de 60,000 francs qu'il aliénait, cependant, pour prêter à son gendre. Son fils touchait le revenu de l'Institut.

Pour pensionner ses vieux parents et pour vivre lui-même, il dût vendre quelques restes d'éditions de ses livres au rabais.

Les quatre années qui suivirent furent pour moi

(1) Ces 13,000 francs ont été prêtés à M. Dumesnil personnellement. M. Michelet établit dans un grand détail, par ses comptes tenus avec beaucoup d'ordre, qu'il lui a avancé d'abord 6,000 francs pendant la maladie de sa mère ; puis qu'il a prêté encore 7,000 francs pour tirer son père de graves embarras. Il constate que l'intérêt de ces sommes n'a jamais été payé.

des plus pénibles. Mon mari étant malade, il fallut, l'été, aller aux eaux, l'hiver dans le Midi, et nous manquions souvent du nécessaire. Pour rendre ces déplacements possibles, je pris à mon compte les privations et les fatigues; je me passai de domestique, je blanchissais, je faisais la cuisine, j'étais garde-malade.

Seule dans la famille, je puis bien le dire puisqu'on m'y force, j'ai connu la dureté de ces temps critiques.

« En 1856, écrit M. Michelet dans son testament, notre situation s'améliora spécialement par les petits livres publiés depuis l'*Oiseau*. »

Il est curieux d'établir un parallèle entre les deux périodes d'une vie si productive. Elles se divisent, quant à la durée, en deux parts tout à fait égales : vingt-cinq ans avant le second mariage, et vingt-cinq ans après, mais comme situation quelle différence !

Si je fais l'addition, je vois que, dans la première période, M. Michelet a publié vingt-deux volumes dont plusieurs, comme *les Jésuites*, *le Peuple*, *le Prêtre*, les deux premiers volumes de la *Révolution*, ont été d'un excellent rapport. — Ses places, la vente régulière de ses petits livres d'enseignement lui donnent, en outre, un revenu annuel de dix-sept mille francs.

C'est une grande aisance, et cependant nulle épargne.

M. Michelet, qui pour lui ne dépensait rien, constate dans son testament qu'il n'augmenta pas la petite fortune amassée pendant son premier mariage. « De 1839 à 1849, l'éducation de mes enfants, des pensions faites à des parents, employaient ce que j'aurais pu mettre de côté. »

Voyons maintenant la seconde période. Nous nous marions en 1849. Deux ans après, en 1851, mon mari perd toutes ses places et la vente fructueuse de ses livres classiques, rayés comme on l'a vu du programme universitaire.

Le voilà donc réduit aux seules ressources du travail quotidien, puisque la rente des 60,000 francs acquis du vivant de sa première femme passe à sa fille et le revenu de l'Institut à son fils. Sur son travail il doit servir une pension viagère à son vieil oncle, et à d'autres membres de sa famille. Les amis dans la gêne font aussi des appels fréquents à son bon cœur (1).

En 1856, quand paraît l'*Oiseau*, que fait-il ? Il prend à ses frais l'éducation de son petit-fils, il le tient dix ans aux écoles et dépense pour lui 20,000 francs.

Sa fille meurt, il reporte la pension qu'il lui sert sur ses petites-filles ; son oncle meurt, il donne à son gendre la pension du vieillard.

Tant de charges, tant de sacrifices faits pour les siens, semblent devoir tout absorber. Cependant,

(1) On jugera de la générosité de mon mari par le total des sommes qu'il a données en vingt-cinq ans : 20,600 francs. Mes livres de comptes en ont gardé le détail.

par le seul fruit du travail, il crée ma fortune de *quatre cent quatre-vingt cinq mille francs*. Je ne compte pas ici les 80,000 qu'a donnés la *Propriété littéraire* vendue à MM. Michel Lévy, ni les 60,000 du premier mariage, mais seulement le produit de notre travail.

Mais, dira-t-on, puisque vous avez *tout réservé*, que tout *se retrouve*, comment donc viviez-vous? La réponse est facile, et je l'ai déjà faite. On a vu quelle fut dans les mauvais jours mon économie sévère ; juste la dépense de la journée du pauvre.

Dans les années où notre situation s'améliora par le succès de nos petits livres d'histoire naturelle, nous ne dépensâmes guère plus. — Nous faisions comme les jeunes ménages qui, en pensée de leurs enfants, tâchent de capitaliser pour eux une portion du revenu. — Pour nous, le revenu c'était le produit du travail. Nous l'avons économisé, administré avec une telle sagesse qu'il constitue aujourd'hui un capital plus élevé que toutes nos recettes.

La situation de fortune laissée par M. Michelet peut se résumer d'un mot : *Tout y est, le fruit et la branche* (1).

Je me trompe, sur les *quatre cent quatre-vingt cinq*

(1) Je fournis la preuve irrécusable de mon assertion en ajoutant à mon mémoire le tableau complet des rentrées, dépenses et placements que nous avons faits pendant la durée de notre mariage. Notre fortune s'est créée uniquement par les recettes de la librairie. Mon avocat pourra faire passer sous les yeux des magistrats les dossiers où sont portées ces recettes certifiées conformes à leurs livres par nos éditeurs.

mille francs que nous avons lentement épargnés,
il manque une grosse somme, celle que mon mari,
dans sa générosité, a donnée à sa famille, en vingt-
cinq ans. Cette somme s'élève à *cent soixante mille
francs*, à peu près le tiers de la fortune totale.

Sur le capital qui reste aujourd'hui, les petits-
enfants, déjà si bien traités du vivant de leur aïeul,
viennent réclamer les trois quarts. — Pour s'adjuger
cette part léonine, et prendre du même coup ce
qu'ils devraient considérer comme mon douaire, —
je veux dire le produit de ma collaboration, — ils se
fondent, non pas sur l'équité, mais tout simplement
sur la rédaction de mon contrat de mariage.

Le mot *exclusion de communauté* leur sert d'ar-
gument.

Le grand-père a dit dans son premier testament :
« S'il n'y a pas eu communauté par notre contrat
de mariage, il y a eu collaboration telle que j'aurais
pu l'avoir d'un associé qui eût été pour moitié dans
le travail et le profit. » (Voir le mémoire de la
Tombe, p. 94.)

Les héritiers, contrairement à cette déclaration,
prétendent que mon mari ne me devait rien. Le
grand-père continue : « Je crois devoir en conscience
lui *restituer* ce qui est vraiment à elle, la moitié de
ce qu'auront rapporté jusqu'à ma mort nos livres
d'histoire naturelle. » Les héritiers persistent à dire
que mon mari devait me prendre mon bien. Il ne l'a
pas fait, ils le feront à sa place.

A la rigueur, je comprendrais cette façon commode

de régler les comptes, si je ne pouvais représenter ce qu'a produit ma collaboration.

Mais ce sont les petits-enfants et leur père qui sont ici débiteurs ; c'est la famille, très-favorisée d'avance, qui devrait être tenue, aujourd'hui, si j'étais plus intéressée, de rapporter à la succession un assez lourd passif.

Au lieu de cela, les héritiers Poullain Dumesnil, qui ne représentent en réalité qu'une seule tête, prétendent aux trois quarts de l'héritage, ce qui ferait, avec ce qu'a déjà reçu la famille, un chiffre rond de *cinq cent treize mille francs.*

Et la veuve qui a travaillé, épargné, qui n'a rien reçu pendant le mariage, quelle sera sa part? — *Rien* d'abord, comme collaboratrice. — Et comme veuve? — Un quart à peine.

Ce quart est déjà fortement entamé par les dépenses de toutes sortes que je fais depuis deux ans pour défendre les volontés de mon mari opiniâtrement attaquées, méconnues.

La pauvreté, la maladie, voilà ce que les héritiers me laissent en échange d'une vie laborieuse qui leur profite si largement.

J'aurais pu, en conscience, du vivant de mon mari, faire ma part des produits du travail. Je ne l'ai point fait. L'équité des magistrats me tiendra compte de ma réserve.

RELEVÉ

DE

L'ÉTAT DE FORTUNE DE M. MICHELET

1849 — 1874

ACTIF.

RELEVÉ DES RECETTES FAITES DE 1849 A 1874.

Librairie.

		fr.	c.
1° Reçu de la maison Hachette	279,973	»
2° — — Chamerot..	214,405	»
3° — — Lacroix	199,933	»
4° — — Baillère	8,825	»
5° — — Delahaye	9,581	»
6° — — Jaccotet.	2,000	»
7° — — Garnier	900	»
TOTAL DE L'ACTIF.	715,617	»

BALANCE.

	fr.	c.
TOTAL DE L'ACTIF.	715,617	»
TOTAL DU PASSIF CI-CONTRE. . .	411,537	45
EXCÉDANT DE L'ACTIF SUR LE PASSIF. .	304,079	55

(Voir page 24 l'emploi de ce capital).

PASSIF.

RELEVÉ DES DÉPENSES FAITES DE 1849 A 1874.

Librairie.

			fr.	c.		fr.	c.
De	1º Payé à l'imprimerie Ducessois..		13,089	»			
1849	2º — à la papeterie du Marais.		10,896	»			
à	3º — brochage, assemblage, etc.		1,220	65			
1853	4º — pour annonces......		700	»		25,905	65

			fr.	c.		fr.	c.
	1º Payé à l'imprimerie Raçon...		73,165	»			
	2º — à M. Lahure (édition de l'*Amour* 1858.).......		2,454	»			
	3º — pour empreintes de clichés.		734	80			
De	4º — à la papeterie Roulhac..		118,121	»			
1854	5º — à MM. Perrotet et Moniot pour brochage et assemblage.........		7,902	»			
à	6º — pour diverses consultations, rédactions de traités.		580	»			
1874	7º — pour annonces et affiches.		2,096	»			
	8º — pour envoi de volumes par la poste.........		210	»		205,262	80

Charges de famille.

	fr.	c.		fr.	c.
Pension à M. et Mᵐᵉ Dumesnil (2,700 fr. pendant 25 ans)...........	67,500	»			
Payé pour avances et dons........	19,680	»			
— pour M. Charles Michelet, fils...	21,869	»			
— pour M. Étienne Dumesnil, petit-fils (éducation).............	20,669	»			
— pour M. Narcisse Michelet, oncle...	12,926	»			
— pour Mᵐᶜ Vanestein Michelet, tante..	1,616	»			
— pour M. Lefèvre Millet, cousin (trois mois de pension)..........	413	»			
— à MMᵐᵉˢ Brion et Redon......	15,000	»			
— pour charités, souscriptions, dons divers...........	20,696	»		180,369	»
Total du passif.........				411,537	45

DÉTAIL DES CHARGES DE FAMILLE.

1° M. et Mme Dumesnil.

			fr.	c.	fr.	c.
1849 à 1874.	Rente de 2,700 fr. pendant 25 ans.		67,500	»		
—	—	Supplément de pension	1,052	»		
1850	—	— —	966	»		
1851	—	— —	975	»		
1849	—	Une avance de	1,000	»		
—	—	M. Dumesnil pour impression de la *Foi Nouvelle*	400	»		
1850	—	Payé aux notaires de Paris et Rouen pour la séparation de biens des époux	1,200	»		
1852	—	Au ménage Dumesnil une avance de	1,500	»		
1854	—	Sur un emprunt de 8,000 fr. à frais communs, contracté par MM. Michelet et Dumesnil, dont la moitié au compte de ce dernier.	250	»		
1855	—	Moitié des frais de sépulture de Mme Dumesnil, et donné aux enfants pour vêtements de deuil.	420	»		
1859	—	Un don de	500	»		
1861	—	A M. Dumesnil pour correction d'épreuves de six volumes de l'*Histoire de France*.	1,500	»		
1862	—	A M. Moreau, pour liquidation après le premier mariage.	2,600			
1864	—	Trousseau des enfants mis à notre compte par M. Dumesnil.	500	»		
—	—	Robes de soie.	101	»		
1855 à 1874.	Entretien de la tombe de Mme Dumesnil		765	»		
Août 1867 à 1874.	Pension Narcisse Michelet payée après son décès à M. Dumesnil pour 6 ans et 4 mois.		3,840	»		
	A reporter.		85,069	»	85,069	»

		Reports. . .	85,069	»	85,069	»
1849 à 1874.	Donné aux enfants en étrennes et cadeaux		1,971	»		
—	— Frais d'envoi d'argent par nous ou le notaire		140	»	87,180	»

2° M. Charles Michelet.

1849	Au cousin Lefèvre, arriéré	2,426	»		
—	Pension pour l'année	1,500	»		
-	Tailleur, coiffeur, étrennes	390	»		
—	Amortissement de la conscription	706	»		
1850	Pension	1,290	»		
1851	Pension, tailleur, étrennes etc., voyage à Paris	2,288	»		
1852	Pension, étrennes et un supplément de 253 francs	1,863	»		
1853	Pension, étrennes et un supplément de 447 francs	1,747	»		
1854	Pension, étrennes et médecin	1,294	»		
1855	Pension (M. Charles gagne à cette époque 1,500 francs par an)	771	»		
1856	Pension	718	»		
1857	— étrennes	700	»		
1858	— voyage	752	»		
1859	—	700	»		
1860	—	965	»		
1861	—	1,400	»		
1862	— et acquittement de ses dettes . .	2,359	»	21,869	»

3° M. Étienne Dumesnil.

1858	Pension Bousquet et Courvoisier	600	»		
1859	—	450	»		
1861	— habits, voyage	1,150	»		
1862	— Châlons, étrennes	300	»		
1863	— voyage	335	»		
1864	— et — habits, etc . .	1,171	»		
1865	— École centrale, habits, etc . . .	2,994	»		
	A reporter. . .	7,000	»	109,049	»

	Reports. . .	7,000	» 109,049	»
1866	École centrale	800	»	
—	Conscription.	2,100	»	
—	Pension à 165 fr. pendant 10 mois . . .	1,650	»	
—	Habits, frais, voyage.	700	»	
1867	École, pension, habits.	2,635	»	
1868	— — voyage en Bretagne, installation.	3,354	»	
1869	Donné.	200	»	
1870	Donné.	200	»	
1871	— pour pension pendant le siége. (Le notaire a payé 750 fr.)	850	»	
—	Pension chez M. Noël.	500	»	
—	Rendu à Mme H***	100	»	
—	Donné par notre domestique	100	»	
—	— pour aller à Aix-les-Bains. . . .	300	»	
1872	—	200	»	
1873	—	50	» 20,739	»

4° Mme Vanestein, tante de M. Michelet.

1849	Loyer payé, etc	570	»	
1850	— — et pension Dubois.	895	»	
1851	Décès, etc.	151	» 1,616	»

5° M. Narcisse Michelet.

1849	Argent de poche. (Il est avec nous à cette époque)	200	»	
1850	Argent de poche.	280	»	
1851	— —	300	»	
1852	— —	500	»	
1853	Pension, habits	800	»	
1854	Pension.	800	»	
1855	— argent de poche	850	»	
1856	— — —	870	»	
1857	— — —	770	»	
1858	— — —	770	»	
	À reporter. . .	6,140	» 131,404	»

		Reports. . .	6,140	»	131,404	»
1859	Pension, argent de poche.		720	»		
1860	— — —		800	»		
1861	— — —		720	»		
1862	— — —		720	»		
1863	— — —		720	»		
1864	— — —		720	»		
1865	— — —		727	»		
1866	— — —		813	»		
1867	— décès au mois d'août		846	»	12,926	»

6° MM^{mes} Brion et Redon.

1849 à 1874. Rente viagère de 600 fr. pendant
25 ans (1). . . . . 15,000 »

7° M. Lefèvre Millet.

Trois mois de pension . . . . 413 »

TOTAL. . . 159,743 »

8° Charités, souscriptions, etc.

Dont détail sera fourni au besoin . . . . . . 20,696 »

TOTAL. . . 180,439 »

(1) Les enfants Dumesnil héritent du capital de cette rente.

EMPLOI DU CAPITAL

DE

304,039ᶠ 55ᶜ

Provenant de l'excédant de l'Actif sur le Passif.

La première date de nos placements, indiquée ici, pourrait faire croire que jusque-là nous n'avions rien épargné. Ce serait une erreur. Dès que les rentrées de la librairie ont dépassé la mesure de nos dépenses modestes, nous les avons placées ou employées à imprimer nous-mêmes nos livres.

A partir de 1855 le roulement de nos fonds a été, pendant dix ans, continuel. En 1865 les impressions à nos frais s'étant ralenties, M. Michelet fit des placements plus considérables. Il changea certaines valeurs industrielles que nous avions achetées dans notre pauvreté pour leurs revenus avantageux, contre des valeurs de moindre rapport, mais plus sûres.

1864	20	Actions de la Société Générale (avec les frais.)	7,814	»
1865	5	Actions Comptoir d'escompte à 992 fr. 50 (avec les frais).	4,965	50
—	46	Obligations de l'Ouest à 298 fr. 12 (avec les frais).	13,732	40
—	27	Obligations du Crédit foncier à 475 fr. 70 (avec les frais).	12,797	40
—	26	Actions du Gaz ancien à 1,647 fr. 50 (avec les frais)	42,835	»
—	9	Actions du Gaz ancien à 1,690 fr. (avec les frais).	15,230	50
1866	45	Obligations P. L. M., à 310 fr. (avec les frais).	13,968	95
—	75	Obligations Nord à 324 fr. 87/5 — —	24,722	21
—	5	Actions Comptoir d'escompte nouveaux à 375 fr. (avec les frais). Ensemble.	1,875	»
1868	17	Obligations du Gaz, 1 versement fait à 150 fr. (avec les frais)	2,550	»
—	5	Obligations du Gaz à 498 fr. 50 (avec les frais).	2,590	50
—	76	Obligations du Nord à 340 fr. — —	27,235	50
—	4	Obligations de l'Ouest à 332 fr. — —	1,330	»
—	19	Obligations de l'Ouest à 332 fr. — —	6,326	»
—	2	Obligations de l'Ouest à 332 fr. 50 — —	666	»
—	5	Actions Comptoir d'escompte nouveau. 2ᵉ versement de 125 fr., ensemble.	625	»

1869	17 Obligations Gaz. 1 versement de 100 fr. ensemble	1,700	»
—	2.200 fr. de rente italienne à 57 fr. 92 (avec les frais)	25,520	»
—	Consolidés anglais (avec les frais)	60,248	»
—	1.050 fr. de rente 3 p. 0/0 (avec les frais)	25,057	80
—	204 dollars de rente à 98 3/8 et 99	16,806	20
—	17 Obligations du Gaz. 1 versement (avec les frais), ensemble.	1,700	»
—	1.125 fr. de rente italienne 5 0/0 (avec les frais).	10,457	05
1871	17 Obligations du Gaz. 2e versement (avec les frais).	1,700	»
1872	17 Obligations du Nord. Remploi de la vente faite en Italie de la rente italienne en 1871	5,105	»
1873	1.652 fr. de rente 3 p. 0/0 à 54 fr. 43 3/4 (avec les frais)	30,016	35
—	1.738 fr. de rente 5 p. 0/0 à 86 fr. 22 (avec les frais)	30,011	»
	Total des placements. . .	387,589	40

REMBOURSEMENTS, VENTES OU MUTATIONS

OPÉRÉES PAR M. J. MICHELET SUR SON CAPITAL DE PLACEMENT.

		fr.	c.
1865	Remboursement de 10 Obligations de l'Ouest à 500 fr.	5,000	»
1869	Vente de 7 Actions de la Société générale à 647 fr. 50	2,782	50
1871	Vente de 525 fr. de rente italienne à 69 fr. 50. (Remploi en Obligations du Nord)	7,297	50
1872	Remboursement de 18 dollars de rente.	1,534	»
1873	Vente des Consolidés anglais (Remploi en rentes françaises)	60,197	75
	Total. . . .	76,811	75

RÉSUMÉ.

Placements..	387,589	40
Déplacements	76,811	75
Reste en valeurs. . .	310,777	65

Ce qui donne une bonification de. . . . . 6,374 »

2.

RENTRÉES A FAIRE LE 9 FÉVRIER 1874.

(Date de la mort de M. Michelet.)

Il importe de dire en finissant, que les *soixante mille francs* qu'avait M. Michelet à la date de notre mariage, et qui ne figurent pas dans l'actif composé des recettes de 1849 à 1874, sont plus que représentés à la succession, par les rentrées à faire au moment du décès de M. Michelet (voir ci-dessous), — par les *six mille francs de bonification*, — par les titres de *onze cent quarante et un francs* de rente qui se trouvaient chez le notaire, — et par les *quatre cent cinquante-six francs* de rente que les héritiers ont pris en 1863 comme part de la succession de leur mère.

Intérêts de notre fortune *échus avant le 9 février 1874.*

1° Chez M. Moreau, agent de change. .	5,500 »	
2° Chez M. Moreau, notaire, et à la *Société générale*, ...	500 »	
3° Neuf mois d'Institut	900 »	6,900 »

2° Recouvrements à faire du payement anticipé des tomes II et III du *Dix-neuvième Siècle* non publié.

1° Imprimeur	3,839 »	
2° Papetier	4,959 »	
3° Clichés.	737 »	9,535 »

Ouvrages en magasin au 9 février 1874.

1° *La Femme.* 2325/2124 à 1 fr. 70. . .	3,610 80	
2° *L'Amour.* 2125/1924 à 1 fr. 70. . . .	2,923 50	
3° *Les Femmes de la Révolution.* 1086/996 à 1 fr. 50	1,494 »	
4° *La Mer.* 300/275 à 1 fr. 50.	462 »	
5° *Louis XIV.* 875/802 à 2 fr. 50 . . .	2,005 »	
6° *Louis XV* et *Louis XVI.* 402/365 à 2 fr. 50	922 50	11,417 30
Bonification de capital notée ci-contre.		6,307 »

TOTAL DE L'EXCÉDANT DU CAPITAL A REPRÉSENTER . . 34,160 30

BÉNÉFICES DES OUVRAGES

EN COLLABORATION AVEC Mme MICHELET.

(Oiseau. — Insecte. — Mer. — Montagne.)

Les recettes et dépenses sont comprises dans l'actif et le passif pages 18 et 19. Les chiffres ci-dessous sont le bénéfice net :

L'Oiseau.	Onze éditions donnant un total de 36,000 exemplaires à 50 cent. l'exemplaire, égalent.	18,000 »	
	Traduction allemande . . .	250 »	
	Édition illustrée.	3,000 »	21,250 »
L'Insecte.	Sept éditions donnant un total de 29,500 exemplaires à 60 cent. l'exemplaire	17,700 »	
	Traduction allemande . . .	300 »	18,000 »
La Mer.	Trois éditions donnant un total de 27,500/25,000 exemplaires à 1 fr. 70 . .	42,500 »	
	A déduire pour l'impression faite à nos frais	17,054 »	25,445 »
La Montagne.	A été vendue à l'éditeur Lacroix pour vingt années, au prix de.	25,000 »	25,000 »
	Total des bénéfices nets. . .		89,695 »